KB176467

푸른사상 시선 161

동행

푸른사상
시선
161

동행

박시교 시조집

푸른사상
PRUNSASANG

오십 년을 넘기고도 몇 년째 이 길 위에 서 있지만
내 걸음은 언제나 느리고 가난하다.

몇 년간 길동무로 동행했던 내 아픈 시편들을 놓아 보내며,
마치 등짐을 부리는 듯한 홀가분한 마음이다.

2022년 6월 양주 천보산 아래서
박시교

| 차례 |

■ 시인의 말

제1부

제2부

제3부

제4부

제1부

소금꽃

가슴이 터질 듯한 순간을 다스리는

삼켜도 치받는 울분을 잠재우는

그런 법

세월에서 배웠지요

그 시간의

소금꽃

미시령의 말

저 초록이 탈진할 그때쯤 너는 오거라

바람이 서늘하면 옷깃 좀 더 여미고서

마음은 산 아래 두고 허위단심 오거라

아무려면 그리움까지야 물들일 수 있겠냐만

조금씩 들썩이며 자락마다 펼쳐지는

세월의 그림자 밟고 아주 천천히 오거라

한 그리움에게

네가 정말 보고 싶을 때
나는 눈을 꼬옥 감는다

그래야 온전한 네 모습
떠올릴 수가 있었다

언제나
아득하고 먼
산이었다
너는.

추상명사의 계절에

몇 개의 추상명사에 갇혀 사는 하루였다

아직은 기다리면서 그 여운을 남겨두지만

그 끝에 감겨오는 아픔 견디기가 벅차다

가을볕에 오래 참았던 눈물을 펼쳐 말린다

낙엽처럼 바스락댈 가벼움을 기대하면서

누구를 그리워하는 마음 그 열매도 거둔다

산다는 것은 가보지 못한 미로를 헤매는

그 여정의 휘어진 골목 같은 이 가을날

보리라, 맑게 익어가는 추상명사의 적요(寂寥)를.

선(線)에 관하여

유려하고 극명한 것이
곡선과 직선뿐이랴

꼬리 잘린 생각과
갈피 잃은 낡은 추억

그 간극
서로 이어주는
보이지 않는 선도 있다

사람의 향기

잘 늙어가는 선배에게서 느껴지는 사람 냄새

부딪치고 갇히고 주저앉고 울분 삼켰던 그 인고의 오랜
세월 홀로 잘 견뎌내면서 얻은 마른 수수깡 같은 더없이
가벼운 그 표정, 잠시 눈 감고 내미는 손 잡았으면 편안했
을 유혹 끝내 뿌리치고 스스로 지은 감옥에 기꺼이 가두
기를 주저치 않았던 그 소슬한 생각

냉엄한 삶 끝에 묻어난 사람 냄새 은은하다

월정리역

왜 이렇게
늦게 왔냐고
보챌 사람 여기 없네

그렇더라도,
기다린 보람
뭐냐고 묻는다면

나 아직
그대 보듬어 안을
가슴 있다 말하리

빈센트 반 고흐 생각

살아서 단 한 점만 팔렸던 가난한 화가

지독한 외로움에 갇혀 있으면서 '혼자가 아니라서 다
행'이라고 유일한 피붙이 동생 테오에게 668통 편지를 썼
던 화가 스스로 자신의 귀를 자르고 끝내는 자살로 생을
마감한 화가 그에게서 적막(寂寞)은 차라리 불꽃처럼 타오
르는 해바라기였을까

형형한
자화상 속 눈빛이
피워낸 저 해바라기

날개

새여,
얼마큼 광활해야 하늘이겠느냐
너희 두 날개 펴서 날 수 있는 저 무한 허공
나 또한 무한 사랑한다 그 자유를
새여.

동행

내가 누군가의 기댈 언덕이
될 수 있다면

그의 상처 쓰다듬는 손길이
될 수 있다면

험난한
세상의 다리까지도
되어줄 수가 있다면

고향집 일박(一泊)

풀벌레 울음소리에
늦도록 잠 못 이루는 밤

그 칠흑 어둠 밝히는
반딧불이
점(點) 점(點)
등(燈) 등(燈)

유년의
내 잃어버린 꿈
아직까지 찾나 보다

우리 모두가 죄인이다 1

컵라면 한 개를
먹는 데 걸리는 시간

그 몇 분이 모자라서
배곯고 떠난 젊음

어떻게
그 스크린도어에
시(詩)를 새길 것인가

* 2016년 5월 전철 구의역 스크린도어를 점검하던 19세 김 군이 사고
로 목숨을 잃었다. 그의 가방에는 작업 뒤 허기를 달랠 컵라면 한 개
가 들어 있었다.

우리 모두가 죄인이다 2

꽃다운 젊은 나이에 목숨 앗긴 우리의 아들

스물네 살 비정규직 노동자 김용균 군

혼자서 열악한 일터 지키다가 쓰러졌다

구의역 김 군 사고 때도 어른들은 말했지

'사람이 먼저고 청년이 희망'이라고

그 약속 지키지 못한 우리 모두 죄인이다

비정규직 없는 일터 사람 대접 받는 사회

컵라면 한 끼니라도 편히 먹는 밝은 하루

그런 삶 누리게 해줄 몫 지키지 못한 죄인이다

우리

우리라는 말에는 피와 뼈가 스며 있다

깃발처럼 힘차게 나부끼는 함성까지도

집단의 결속을 넘어선

우리라는 말의 함의(含意)

제2부

시인이라는 직업

소득 꼴찌 직업으로 턱걸이한 오, 시인

얼마나 대견한가 직업군에 든 것만도

시 한 편

고료 사례하는 잡지도 흔치 않은 현실에

끈

사는 일에 무슨 답이 있을까 하다가도

그래도 다잡을 끈 하나쯤은 있어야지 싶어

마음에 매듭 하나 만들어 스스로를 묶는다

자신을 어떻게도 주체하지 못한다면

이 세상 어디에도 매이지를 못할 터

그 삶의 힘겨운 자리에 나를 묶어 세운다

내 한 사람

그립다
생각 않아도 마음속 사람 있다

사랑한다
말하지 않아도 감싸안는 사람 있다

그 사람
한 하늘 함께 덮고
잠들고 눈 뜬다

코로나19 모노드라마

오랜만에 인사동 골목 안 그 술집 갔었지

반갑게 마주치던 그 누구도 보이지 않고

주인장, '그 사람 며칠 전 혼자서 왔어요'

그랬구나, 그도 나처럼 발길 따라 왔었구나

　사람이 그립다는 것은 자네나 나나 어쩔 수 없이 마음
이 허하다는 것 어쩌겠는가, 그놈의 역병 탓이지 만나봐
야 그냥 잔잔한 눈웃음에 술잔 권할 뿐이겠지만 그렇지,
긴 말 무슨 소용에나 닿겠는가만 아아 그래도 그렇지, 이
사람아 거리두기 그게 뭐라고, 자네와 나 사이에 무슨 거
리가 가당키나 한 일이던가. 사람이 그리운 것은 우리가
살면서 어쩔 수 없이 키우게 마련인 마음의 더께 그 앙금
아니던가

　아니면 추억앓이 같은 삶 그 되풀이 아니던가

밥이 고프다

'슬픔을 말리고 있는' 고향 후배 시인에게

밥 챙겨서 먹느냐고 안부 말 전하려다

지금이 어느 때인데 하고 말문 그만 닫는다

'애비야 밥은 먹었느냐' 정겹던 어머니 전화

이제는 들으려 해도 닿지 못하는 그 음성

그러나, 나는 아직도 그 밥 안부가 그립다

복(伏) 꿈

시 한 편에 고료 오만 원
짧은 시라 자(字)당 천 원

하루에 사백만 원 황제노역* 전(全) 아무개

그렇지
그 노역 대신 받고
시 쓰기 그만 접어!

* 형법 제도의 맹점 중 하나로 지적받는 벌금형.

빈자리

그 있었던 그 자리가 덩그러니
비어 있다

어제 같은 오늘인데 분명한 건
그가 없다

한세상
허물어지는 아픔은
오롯이 내 몫인가

비어(飛魚)

　세상 모든 길이 한 갈래로 열린다 해도 나는 이제 갈 수가 없네 날개를 잃어버린 비어 장천(長天) 그 구만리 하늘 길 날 수가 없네

또 한세월 저물다

한 가객(歌客)이 먼 길 떠났다

아호[白水]처럼 살았던 그 삶

생각을 가얏고에 얹어 노래가 되기까지

그 가락 품어 안았던 진정한 한 가객이.

백 년 만의 무더위가 한풀 꺾인 팔월 그믐

강산은 바야흐로 가을을 재촉하며

그 오랜 갈증 달래듯 단비가 내렸다

추풍령 너머 마을 감이 익는 동구 밖을

차마 그 발길 수이 떨치지는 못했으리

먼 그곳 가서라도 부디 노래는 잊지 마시라

그리움에 대하여

어떻게 고통 없는 그리움이 있을 것인가

피하려고 애써 접으면 그 또한 사랑 아니지

흔쾌히 다시 또 다가서자 그 아픔 곁으로

가서는 죽음에까지 이른다 할지라도

그 짧은 동안에도 한 사람만 생각하자

바람에 나부끼는 깃발처럼 눈부시게 펄럭이자

욕심

살면서 나이만큼 늘어난 게 하나 더 있다

아예 갖지 말거나 알았으면 버려도 좋을

무거운 그 짐 지고 산다

탐욕스런 온갖 욕(慾)

민낯 1

너무 맑다고 구름 몇 점 띄워놓은 가을 하늘

그 깊이 잴 수 없어 눈물 고이는 오후 한때

정겨운 그대 민낯 닮은 우리네 삶도 익는다

민낯 2

화장을 지운 얼굴 가면을 벗은 얼굴

도무지 볼 수 없어 그리웠던 그 모습

촛불을 밝혀 든 그 속에 모두 모여 있었지

염치를 모르던 무리의 민낯이 보이면서

위선 뒤에 가려졌던 본색이 드러났어

모두가 바라던 세상 바로 이런 것이었지

민낯과 본색의 차이가 다르지 않고

사람과 인간의 표리(表裏) 또한 부동(不同) 않음을

마침내 확인하였던 아, 천만의 그 불꽃 혼(魂).

말맛

은근한 투정이 깃들인 말
'이 사람아'

은연중 낮추어 꾸짖는 듯한
'이 인간아'

같은 뜻 말뼈다귀라도
씹히는 맛 영 다르다

제3부

술 힘이라도 빌려야

사는 일 지쳤다는 친구와 술 마신다

왜일까,
나도 자꾸 험한 벼랑 걷는 기분

한 잔 더
술 힘이라도 빌려야 살 것만 같다며

만남에 대하여

만나야 할 사람 있다면 저물기 전 만나야 한다

또 하루가 그리움으로 노을처럼 물든다면

얼마나 아픈 일이냐 가슴 저린 삶이냐

기다림 그 끝으로 쓸쓸히 그늘지던

그 모습 온몸으로 쓸어안을 전율 위해

저물기 전 만나야 한다 만날 사람 있다면

봄 편지

목련이 망울 맺혔다는
그제 받은 네 편지

오늘 벌써 활짝 폈다고
답장을 쓰려는데

어쩌랴,
하마 지고 있는
애틋한 저 봄 별리(別離)

오랜 우정에 짧은 이별식

먼 길 떠난 시우(詩友)의 전화번호를 지우면서

잘 가게
편히 쉬게
그 말끝 흐리고 마는

어쩌랴
그를 놓아 보내는
이 짧은 이별식

사람이 세상이다

사람이 있어야 비로소 풍경이다

길이며
들판이며
산이고
강물 들이

그렇다
사람이 있어 온전한 세상이다

수평선

지는 해가
물금 물고
바다로 가라앉는

석모도 해변에서
비로소 나는 보았다

바다와
하늘의 경계를
허물고 있는
큰 손을

오는 세월

가을이 깊어간다고
아쉬워할 일 아니다

낙엽이 다 진다고
마음 아파할 일 아니다

그 자리
비워두지 않는다

곧 눈 내리고
움 돋는다

그러나 그럼에도 불구하고

나 이제
그대에게로 가는 길
지워버렸다

반추하지 않으려고
생각까지도
지워버린다

지웠다
다 잊었다 하면서도
힘겨운 건 무엇인가

늦은 후회

힘들다 힘들다면서 보이던
너의 눈물

잠시 내게
기대어서 쉬게 하지 못하였던

참으로
옹졸했던 지난 일
두고두고 부끄럽다

오늘

시가
꿈이 되고
사랑 되고
밥이 되는

그런 세상 애당초 바랐던 건 아니지만

그런데
오늘 따라 왜
민망하고 허망한가

만국 해물찜을 먹다

낙원동 한 식당에서 해물찜을 시켜 먹는다

식당 한쪽 벽에 크게 써 붙인 해물찜에 들어간 해물 원산지 표지판이 내 눈길을 사로잡는다. 꽃게 바레인 그린홍합 뉴질랜드 갑오징어와 탈각새우 베트남 대구고니 미국 새우 에콰도르 위소라 세네갈 낙지 중국 여기에다 국산으로는 겨우 만득이와 오징어가 끼어들었다. 그야말로 세계 만물찜

오대양 드넓은 바다 맛이 찜 속까지 스몄을까

청명한 미래

그 가을 강원도 산골 학교 운동회 날

탕! 달리기 경주 신호가 울리고 저마다 일등을 하려고 힘껏 내달리던 아이들이 어느 순간 누구나 할 것 없이 멈칫멈칫한다. 웬일? 저만치 뒤처져 뒤뚱뒤뚱 힘겹게 달려오는 장애 동무가 가까스로 일행 무리에 다다르자 누가 먼저랄 것 없이 서로 어깨를 겯고 하낫 둘! 하낫 둘! 함께 나란히 결승선에 들어섰다. 이 가슴 저린 광경을 지켜보던 모두들 박수 치고 와와! 함성 내지르며 환호와 감탄 연발

만국기 휘날리는 하늘 눈부시게 참 맑다

* 신문에서 이 운동회 기사를 읽었을 때, '극단적인 이기주의 개판 사회'의 우리 현실과 대비되는 신선한 경이로움을 느끼지 않을 수 없었다.

그리운 사람

어려운 때일수록 생각나는 사람 있다

독립된 우리나라에서 정부청사 문지기를 원했던 사람
아들에게 나라를 위해서라면 떳떳이 죽으라고 권했던 사
람 외국 출장을 마치고 남은 경비를 되돌린 사람 평생 키
워온 사업과 전 재산 모두를 사회에 환원한 사람 '다시 천
고의 뒤에 백마 타고 올 초인을 기린' 사람 기꺼이 자신을
세상에서 가장 바보라고 자칭하였던 사람

살 만한 세상 만들려 한 그 사람들 그립다

길

길 끝에 무엇이 있는지 나는 모른다

그곳까지 가보지 못해서가 아니다

사랑도 그렇지 않던가

아득하고 막막해서

제4부

집

한때는 바람집* 짓고

그 안에 안주(安住)했지

한참 뒤 생각하니 거기 갇혀 산 것이었어

그러면 지금은 어떤가

그 집 지고 산다

* 연작시 제목.

무게고(考)

온종일 모은 폐지 한 리어카 이천오백 원

몇십억 아파트 깔고 사는
호사와는 견줄 수 없다지만

경건한 그 삶의 무게 결코 가볍지 않다

다시, 봄날은 간다

봄날은 누구에게나 아름다운 과거 회상형

힘들고 지칠 때면 기대고 싶은 언덕 그 봄날에다 추억이
라는 흑백사진 한 컷을 슬쩍 끼워 넣으면 이내 아지랑이가
피어오르게 마련. 그뿐인가 그 과거형에다가 봄날은 간다
라고 현재 진행형을 덧칠하면 곧바로 컬러 사진이 되는 놀
라운 사실, 누구에게나 아름다운 오오 그 봄날이 간다

따뜻한 눈물 배어나는 그 꽃노을 저문다

길 위에서

문득 돌이켜보니 너무 멀리 떠나왔다

다시는 돌아갈 수 없는 아득한 저 먼 길

이제야 멈춰서 생각느니

까마득한 고빗길

나무처럼 살면서

— 범백에게

그리움을 옮겨 찍는

내 친구 사진작가

풀꽃 그 그윽한 향기까지도 담아낸다

산 읽고

서 있는 나무들

그 푸른 꿈도 필사(筆寫)하며

엉뚱한 생각

아직은,
이라면서 스스로를 위로하지만

앞으로만 가지 않는 역사 바퀴를 걱정한다

그래서
다짐해보는
당랑거철(螳螂拒轍) 그 실행

모두가 꽃

사람은 죽어서 꽃이 된다고 나는 믿는다

추운 겨울 지나고
얼붙었던 동토(凍土) 풀리고

드디어 이 강산에 피어나는
너 넋들의 꽃이여

세상에 향기롭지 않은 삶 없었듯이

다시 또 피어나는
꽃들 모두 하늘이다

그립다 말하지 않아도
일어서는 너 넋이여

바닥

바닥을 쳤다고 해서
그것으로 끝 아니다

바닥이 몇 겹인지는 그 누구도 모른다

운 좋게
치고 일어났어도
가늠 못 할 그 깊이

변명

나는 늘 싸움판에서
쓰러지는 졸개였다

나는 또 누군가를
미칠 듯 사랑한 적 없다

가슴을
울리지 못하는
내 시 또한 그렇던가

평화를 위하여

다시 태어나도 나와 또 결혼할 거냐며

어느 때 느닷없이 아내가 묻는다면

그 무슨 말씀이냐며 당연이라 답하라

헐렁한 차림새에 부수수한 민얼굴

주구장창 그 모습에 조금은 지겹더라도

그렇지, 절대로 그 속 내비춰서는 안 되지

잊지 말아야 할 것 평화는 집안에서부터

사회나 국가나 세계 평화도 그 뒤 차례

위하여, 가정과 오직 한 몸 평안을 위하여

그 떠난 뒤에

내 일찍이 설악(雪嶽)에 등 기대고
무산(霧山) 가까이서

한 오십 년
가난한 시 쓰면서 살았거니

그 떠난
적막강산(寂寞江山)에
시(詩)마저 놓고 싶다

* 설악(雪嶽), 무산(霧山) : 승려시인 조오현 선사의 호

눈 오시는 밤에

어머니
그곳에도 지금 눈이 오고 있나요

모든 아픔 감싸 덮듯이 겹겹 내려 쌓이는 눈

어머니
오늘 따라 당신 품 간절한 밤입니다

경상북도 봉화군 봉성면 원둔리

지아비 북으로 가고 혼자서 이겨낸 날

밤이면 눈 오시는 그 길 쓸고 또 쓸었지요

올 리 없다는 걸 알면서도 쓸었던 눈길

그 아픔 감싸주듯 밤새 내려 쌓이던 눈

어머니
그곳에서는 제발 눈길 쓸지 마셔요

마음의 풍경

산 아래
산다고 해서
그 생각도 청산(靑山)일까

강 가까이
머문다 해서
그 삶 또한 물 같을까

마음에
드리운 풍경 위로
일렁이는
오, 바람

근황(近況)

두 냥이[猫] 더불어 하루살이 소소하다

　가끔씩 눈에 고이는 싱거운 눈물과 누군가를 그리워하는 아주 오랜 목마름과 뜻도 없이 습관처럼 저려오는 가슴과 기다리지 않아도 맞이해야 되는 저녁답의 헛헛함과 그리고 그 모두

　이제는 손 놓아도 좋을 졸음 같은 애련(愛憐)이여.

우리 현대시의 진경을 보여주는 현대시조의 위상

이경철

그립다
생각 않아도 마음속 사람 있다

사랑한다
말하지 않아도 감싸안는 사람 있다

그 사람
한 하늘 함께 덮고
잠들고 눈 뜬다

— 「내 한 사람」 전문

**추상을 구체화해 드러내는
이미지와 운율의 시다운 시**

박시교 시인의 여섯 번째 신작 시집 『동행』은 읽을 맛이 난
다. 오랜만에 시다운 시를 만난 것 같고 감동의 폭도 넓고 깊

이도 있다.

박 시인의 시편들은 우선 쉽게 읽힌다. 어려운 말이 없고 난해한 상징이나 비유 등도 없다. 생활 중에서 흔히 쓰는 말들이 시인의 마음속에서 시어로 푹 익어 나와 전혀 낯설거나 생경하지 않다.

그리고 시가 짧다. 주저리주저리 다 말하지 않고 꼭 필요한 만큼만 말한다. 자신도 잘 모르는 말과 이야기를 한없이 끌고 가지 않고 짜임새 있고 구성지게 꾸민다.

무엇보다 다른 문학 장르에 비해 시의 생명이랄 수 있는 리듬이 자연스레 살아 있고 이미지가 선명하다. 되풀이되어 드러나게 마련인 우리네 삶의 양상이 리듬을 타며 매양 최초의 것인 양 생생한 이미지로 드러나고 있다.

그런 박 시인의 읽을 맛 나는 시편들은 시조다. 3장 6구 45자 내외와 기승전결(起承轉結) 구성의 틀을 갖춘, 우리 민족 특유의 정형시(定型詩)다. 반만년 이어져 내려온 민족의 맥박과 정서를 가장 정련되게 드러낼 수 있는 정형의 규율을 따르면서도 자유시처럼 한없는 자유를 만끽하고 있는 시조의 고수가 박시교 시인이다.

박 시인은 1970년 『대구매일신문』 신춘문예에 시조가 당선되고 같은 해 『현대시학』에 이영도 시인에게 시조가 추천돼 시조단에 나왔다. 처음엔 자유시도 시집을 엮기 충분하게 썼으나 시조단에 나온 이래 시조 창작에만 전념하고 있다.

"정제된 광채의 압운이나 활시위 같은 긴장미 등 시조만이 가지고 있는 아름다움이 분명 있다"며 박 시인은 시조의 룰, 본연을 의연히 지킬 것을 주장해왔다. 온갖 형상이며 넓고 깊은 심사, 복잡다단한 현대성도 다 압축해 펴낼 수 있는 시조 장르의 특장에 믿음을 갖고 정형을 고수하며 현대시로서 시조의 자긍을 작품으로 대변하고 있는 시인이 박 시인이다.

그런 시인의 시세계를 잘 보여주고 있는 것 같아 이 글 제목 바로 아래 제사(題詞) 격으로 올려놓은 시 「내 한 사람」을 다시 보시라. 세 연 일곱 행으로 이뤄진 형태가 우선 자유시처럼 보이지 않는가. 그러면서도 각 연은 시조의 초장, 중장, 종장에 해당한다. 기, 승에 해당하는 초장과 중장을 두 연씩 잡고 전, 결인 종장은 세 행으로 잡음으로써 행과 연 길이에서도 시조의 정형과 구성에 충실하고 있다.

그리고 시가 쉽다. 우리네 삶의 시작과 끝인 '그리움', '사랑' 등의 고단위 추상을 쉽게 구체화하고 있다. 삶은 물론 시와 모든 예술의 궁극적 주제를 시조의 압축과 구성력으로 이리 쉽게 드러내 보여주며 주접스럽지 않은 종결감에 이르고 있다.

시상을 확 바꾸어 종결에 이르게 하는 전환 구절 '한 하늘 함께 덮고'를 보시라. '한 이불'의 살가운 감각의 친밀한 이미지를 떠올리면서도 하늘 같은 넓이와 깊이를 지니게 하고 있지 않은가. 각 연과 행을 끝맺는 '-다'라는 압운이 확실한 단

정적 리듬감을 주며 우리네 그리움과 사랑을 말해주고 있지
않은가.

풀벌레 울음소리에
늦도록 잠 못 이루는 밤

그 칠흑 어둠 밝히는
반딧불이
점(點) 점(點)
등(燈) 등(燈)

유년의
내 잃어버린 꿈
아직까지 찾나 보다

— 「고향집 일박(一泊)」 전문

반딧불이를 소재로 한 시 「고향집 일박(一泊)」 전문이다. 고
향에 돌아와 하룻밤 자며 유년의 꿈을 회상하고 있는 시다.
그 유년의 빛나던 꿈, 지금은 잃어버리고 잊어버린 가물가물
한 꿈을, 어둠 속을 반짝반짝 밝히며 날고 있는 반딧불이 불
로 묘사하고 있다. '점 점/등 등'이라며.
'점 점/등 등'은 어둠 속을 나는 반딧불이 불의 모던하면서
도 세련된 묘사이면서도 '유년의 꿈'이라는 추상의 구체적 묘
사이기도 하다. 뭐라 설명하면 할수록 더욱 구차스러워질 추

상을 시인은 이렇게 '반딧불이 불', 그것도 '점 점/등 등'이라는 선명한 이미지로 구체적으로 보여주며 시의 품격과 함께 감동의 깊이를 더하고 있다.

몇 개의 추상명사에 갇혀 사는 하루였다

아직은 기다리면서 그 여운을 남겨두지만

그 끝에 감겨오는 아픔 견디기가 벅차다

가을볕에 오래 참았던 눈물을 펼쳐 말린다

낙엽처럼 바스락댈 가벼움을 기대하면서

누구를 그리워하는 마음 그 열매도 거둔다

산다는 것은 가보지 못한 미로를 헤매는

그 여정의 휘어진 골목 같은 이 가을날

보리라, 맑게 익어가는 추상명사의 적요(寂寥)를.
— 「추상명사의 계절에」 전문

세 수로 된 연시조 「추상명사의 계절에」 전문이다. 들녘과 하늘이 텅 비어가는 가을날 견딜 수 없는 '그리움'이 어떻게

'추상명사의 적요'로 순수화되는지를 보여주고 있는 시다. 거꾸로 '그리움'이란 추상명사가 그 순수를 다치지 않으면서 어떻게 구체화되는지, 시가 되는지를 보여주는 시로도 읽을 수 있다.

첫째 수에서는 기다림과 그리움에 대해 쓰고 있다. 아프디아픈 여운만 남기지만 포기할 수 없는 그런 추상명사에 갇혀 살 수밖에 없는 숙명. 그러다 둘째 수로 넘어와서는 마음을 다치게 하고 무겁게 하는 그런 기다림이며 그리움을 떨쳐버리려 하고 있다.

그러다 마지막 수에 와서는 그런 기다림이며 그리움을 맑게 익혀 '추상명사의 적요'라는 절대 순수 추상에 이르게 하려는 의지를 드러내고 있다. 시인은 이렇게 추상을, 그 순수를 훼손하지 않으면서도 구체화해 우리에게 보여주고 들려주려 애쓰고 있다.

시라는 것은 본질적으로 이렇게 추상을 구체화해 생생하게 보여주는 것이다. 기다리면서 오래 익힌 언어로 이미 개념화, 관념화된 일상의 언어를 털어버리고 추상의 순수를 생동감 있게 드러내는 것이다. 그때 언어는, 시는 우리네 생생한 그리움을 언어도단(言語道斷)의 지경인 적요의 세계로까지 끌어올릴 수 있다는 것을 위 시는 잘 보여주고 있다.

길 끝에 무엇이 있는지 나는 모른다

그곳까지 가보지 못해서가 아니다

사랑도 그렇지 않던가

아득하고 막막해서

—「길」전문

　단수로 된 「길」 전문이다. '길'에 대한 시인 줄 알았는데 '사
랑'을 노래한 시다. 끝까지 가보아도, 사랑하고 또 사랑해봐
도 사랑은 '아득하고 막막'하다고 말하고 있다.

　'사랑'도 추상명사고 '아득하고 막막'한 것도 추상적이다.
제목과 시작 부분에 '길'을 끌어온 것은 그런 길처럼 아득하
고 막막한 사랑을 구체적으로 드러내 보여주기 위해서다.

　사랑을 함부로 수식하거나 단정하지 않고 추상의 동어반복
으로 나가고 있는 것이 어찌해볼 수 없는 사랑을 더욱 간절하게
하고 깊이 있게 하고 있다. 이처럼 박 시인의 시편들은 '사랑'이
나 '기다림', '그리움' 같은 추상이지만 우리네 삶을 지배하는 정
서적 자질을 진솔하면서도 생생하게 드러내 보여주고 있다.

**실감(實感)과 실정(實情)으로
현대시의 모범을 보이는 현대시조**

컵라면 한 개를
먹는 데 걸리는 시간

그 몇 분이 모자라서
배곯고 떠난 젊음

어떻게
그 스크린도어에
시(詩)를 새길 것인가

　　　　　　　—「우리 모두가 죄인이다 1」 전문

　단수로 된 「우리 모두가 죄인이다 1」 전문이다. 시 본문 끝에
는 "2016년 5월 전철 구의역 스크린도어를 점검하던 19세 김
군이 사고로 목숨을 잃었다. 그의 가방에는 작업 뒤 허기를 달
랠 컵라면 한 개가 들어 있었다"는 정보가 각주 식으로 딸려
있다.

　그렇게 죽어 우리 국민 모두를 슬픔과 반성에 잠기게 했던
사건을 소재로 한 시다. 컵라면 먹을 시간도 없이 일해야 하
는 비정규직으로 대표되는 부당한 노동 현실을 다시금 뒤돌
아보고 우리 사회를 반성케 하고 있는 시다.

　시조의 정형과 구성 미학을 충실히 지키며 정련한 시이기
에 어떤 자유시의 현실 고발이나 비판시보다 그 반성과 감동
의 울림이 더 크다. 지하철 스크린도어에 새겨진 허구한, 싸
고 싼 감상과 관념의 자유시보다 이 시조 한 수가 훨씬 더 격
조 있지 않은가.

온종일 모은 폐지 한 리어카 이천오백 원

몇십억 아파트 깔고 사는
호사와는 견줄 수 없다지만

경건한 그 삶의 무게 결코 가볍지 않다
— 「무게고(考)」 전문

단수로 된 「무게고(考)」 전문이다. 거리에서 가끔 눈에 띄는 폐지 리어카를 힘겹게 끌고 가는 노인을 그린 시다. 값비싼 외제차를 피해 가는 그런 곤궁한 모습이 참 안쓰러웠는데 시인은 거기서 '삶의 무게'를 가만히 가늠해보고 있다. 호사스런 삶보다 그런 고된 삶이 결코 가볍지 않으며 경건하다고.

이렇듯 시인은 우리네 소외된 이웃들의 안쓰러운 삶을 다루는 현실 의식의 시를 쓰면서도 타자(他者)적인 고발이나 비판에 그치지 않는다. 시인 역시 그들과 한 몸 한마음이 돼 그 깊이까지 파고 들어가고 있다.

어려운 때일수록 생각나는 사람 있다

독립된 우리나라에서 정부청사 문지기를 원했던 사람 아들에게 나라를 위해서라면 떳떳이 죽으라고 권했던 사람 외국 출장을 마치고 남은 경비를 되돌린 사람 평생 키워온 사업과 전 재산 모두를 사회에 환원한 사람 '다시 천고의 뒤에 백마 타고

올 초인을 기린' 사람 기꺼이 자신을 세상에서 가장 바보라고
자칭하였던 사람

　　살 만한 세상 만들려 한 그 사람들 그립다

　　　　　　　　　　　　　　—「그리운 사람」 전문

　사설시조인「그리운 사람」 전문이다. 궤변과 혹세무민의 말
들이 난무하고 염치나 양심은 개에게나 던져줘 버린 듯이 혼
탁한 세상과 시국 때문인가. "살 만한 세상 만들려 한 그 사람
들"이 진정으로 그리운 시대의 현실 의식을 반영하고 있는 시
다.

　'사설(辭說)'이라는 문자 그대로 중언부언 양식이 참 정갈하
게 빛나는 시다. 생각나는 대로 밋밋하게 반복하고 있으면서
그 사람들에 대한 소중함, 그리움을 더욱 커지게 한다. 산문
으로 그냥 흘려버렸으면 나지 않을 맛을 사설시조란 양식을
잘 살려내 맛깔나게 읽히게 하고 있다.

　기교나 시재(詩才)가 드러나지 않게 밋밋하게 흘리고 있어
그런 맛깔이 나게 되는 것이다. 시를 써본 사람은 익히 알 것
이다. 이런 밋밋하고 담담한 시 짓기가 가장 힘들고, 그런 시
가 가장 윗길이라는 것을. 밋밋한 시이기에 사람다운 사람과
세상을 기다리는 마음이 민낯으로 더욱 진솔하고 간절하게
다가오지 않는가.

화장을 지운 얼굴 가면을 벗은 얼굴

도무지 볼 수 없어 그리웠던 그 모습

촛불을 밝혀 든 그 속에 모두 모여 있었지

염치를 모르던 무리의 민낯이 보이면서

위선 뒤에 가려졌던 본색이 드러났어

모두가 바라던 세상 바로 이런 것이었지

민낯과 본색의 차이가 다르지 않고

사람과 인간의 표리(表裏) 또한 부동(不同) 않음을

마침내 확인하였던 아, 천만의 그 불꽃 혼(魂).

—「민낯 2」 전문

세 수로 된 연시조 「민낯 2」 전문이다. 위선과 가면의 불의한 세상을 바로잡으려 모여서 밝힌 촛불 시위를 소재로 한 현실주의 시다. 그러면서도 현실 의식에만 머물지 않고 그리움과 혼의 우리네 삶과 사회의 깊이까지 나아가고 있는 시다.

너무 맑다고 구름 몇 점 띄워놓은 가을 하늘

그 깊이 잴 수 없어 눈물 고이는 오후 한때

정겨운 그대 민낯 닮은 우리네 삶도 익는다
　　　　　　　　　　　　　　　　　　　—「민낯 1」 전문

　단수로 된 「민낯 1」 전문이다. 제목으로 보아 「민낯 2」의 연
장선상에 있는 시로 읽을 수 있다. 세 수로 된 시를 압축, 정
련하니 우리네 삶과 그리움의 깊이가 더욱 깊어지고 있다. 흰
구름 몇 장 띄워놓아 더 높고 깊어지는 가을 하늘, 그 순정한
그리움의 깊이처럼. 그러면서도 우리네 삶과 현실은 놓치지
않고 있다. 그리움이 개인의 서정에 머무르지 않고 "그대 민
낯 닮은 우리네 삶"으로 확산되고 있지 않은가.
　"우리라는 말에는 피와 뼈가 스며 있다//깃발처럼 힘차게
나부끼는 함성까지도//집단의 결속을 넘어선//우리라는 말의
함의(含意)"(「우리」 전문)에서처럼 박 시인의 '우리'라는 말에는 현
실주의 민중시들의 '깃발'이나 '함성' 등 표피적인 현실 비판
과 저항을 넘어서는 반만년 민족의 핏줄을 타고 내려온 그리
움 등의 정서가 함의되어 있다.
　박 시인은 기성 시조단의 판에 박힌 정형의 구각(舊殼), 음
풍농월(吟風弄月)과 안빈낙도(安貧樂道)의 나태에 반성을 가하며
1970년대 말에 설립된 오늘의시조시인회의 창립회원이다. 당
시 참여시, 민중시의 흐름에 맞춰 시조도 시대정신과 오늘의

현실을 반영하자며 이름도 그리 지은 것이다.

일제하 가람 이병기 시인이 시조의 혁신을 위해 '실감과 실정을 표현하라'는 원칙을 세운 이래, 반세기 뒤 이를 시조 작품으로 실천해 시조의 현대화를 이룬 시인이 박 시인이다. 그래서 박 시인의 시조들은 이제 날이 갈수록 더 난삽해지며 독자를 잃어가는 자유시단에 현대시로서 좋은 모범을 보이는 시로 평가받고 있는 것이다.

우리네 삶을 신의 지경까지 끌어올리는
그리움의 현상학

만나야 할 사람 있다면 저물기 전 만나야 한다

또 하루가 그리움으로 노을처럼 물든다면

얼마나 아픈 일이냐 가슴 저린 삶이냐

기다림 그 끝으로 쓸쓸히 그늘지던

그 모습 온몸으로 쓸어안을 전율 위해

저물기 전 만나야 한다 만날 사람 있다면
　　　　　　　　　　　　　— 「만남에 대하여」 전문

두 수로 된 연시조 「만남에 대하여」 전문이다. 첫 수 초장부터 "만나야 할 사람 있다면 저물기 전 만나야 한다"고 제목으로 내건 '만남에 대하여'의 결론을 내리고 있다. 그리고 둘째 수 종장에 그것을 약간 변형해 수미상관식으로 맺는 구성으로, 만남을 그렇게 서둘러 실천해야 함을 더욱 절실하게 강조하고 있다.

기다림으로만 그친다면 "얼마나 아픈 일이냐 가슴 저린 삶이냐"며 평생의 충분한 체험을 통해 그리움을 실천할 것을 강조하고 있는 이 시도 현실주의 시로 읽을 수 있다. 그러면서도 우리네 보편적 정서인 그리움 자체를 생동적으로 쓴 시로 읽을 수도 있다.

네가 정말 보고 싶을 때
나는 눈을 꼬옥 감는다

그래야 온전한 네 모습
떠올릴 수가 있었다

언제나
아득하고 먼
산이었다
너는.

— 「한 그리움에게」 전문

단수로 된 「한 그리움에게」 전문이다. 바로 앞에 살펴본, 서둘러 달려가 만나고픈 시와는 달리 이 시에서는 그리움을 추상화하고 있다. 만나지는 못하고 멀리서 바라만 보며 그리움을 한없이 추상화, 순수화시키고 있는 시다.

그리움의 속성 또한 그런 것 아니겠는가. 달려가 만나서 포개지면 그 순수 추상은 사라지고 애욕(愛慾)의 동물적인 욕구만 남는 게 그리움 아니던가. 그런 순수 추상을 향한 그리움마저도 눈 꼬옥 감고 온전한 모습, 이미지로 떠올리고 있는 시가 「한 그리움에게」이다.

나 이제
그대에게로 가는 길
지워버렸다

반추하지 않으려고
생각까지도
지워버린다

지웠다
다 잊었다 하면서도
힘겨운 건 무엇인가

— 「그러나 그럼에도 불구하고」 전문

단수로 된 「그러나 그럼에도 불구하고」 전문이다. 그리움을 지워버리려, 마음을 힘겹고 무겁게 하는 그리움을 내려놓으려 애쓰고 있는 시다. 그러나 그럼에도 불구하고 여전히 힘겨워하는 그리운 마음을 그대로, 사실적으로 그리고 있는 시다.

박 시인의 시는 이렇게 사실적이고도 거침없이 솔직한 게 특장이다. 그런 진솔함이 읽는 이 가슴으로 직격해 들어가 감동의 폭을 넓히고 있다. 누구든 그런 그리움의 열병을 앓고 그리 해봤기에 공감의 폭이 그만큼 넓은 것이다.

> 어떻게 고통 없는 그리움이 있을 것인가
>
> 피하려고 애써 접으면 그 또한 사랑 아니지
>
> 흔쾌히 다시 또 다가서자 그 아픔 곁으로
>
> 가서는 죽음에까지 이른다 할지라도
>
> 그 짧은 동안에도 한 사람만 생각하자
>
> 바람에 나부끼는 깃발처럼 눈부시게 펄럭이자
>
>   —「그리움에 대하여」 전문

두 수로 된 「그리움에 대하여」 전문이다. 제목처럼 시인 나름대로 '그리움에 대하여' 정의를 내리며 결의하고 있는 시다. 그리움은 죽음에까지 이르게 하는 아픔이요 고통이라

고. 그럼에도 사는 동안에는 그런 그리움을 눈부시게 펄럭
이자고.

참 인간적인 시다. 아니 시는 이렇게 인간적이어야 시가 되
는 것이다. 종교처럼 아픈 현실에서 초월해 구원받는 것이 아
니다. 철학이나 지성처럼 생생한 생의 체험을 개념화, 관념화
하는 것이 아니다. 비록 '짧은 동안'의 유한한 삶이고 결함이
많은 존재일지라도 그것을 십분 인정하고 받아들여 생생하게
전하며 휴머니즘을 신의 경지에까지 드높이는 게 시 아니던
가.

이번 시집 『동행』에는 그런 그리움을 소재, 주제로 하여 유
한한 인간성을 진솔하게 보여주는 시편들이 지배적이다. 우
리가 뭉뚱그려 부르는 막연하거나 감상적인 서정으로서의 그
리움이 아니라 현상학적으로 파고들어 그리움 그 자체와 그
리움을 향한 마음 자체를 진솔하게 보여주는 시편들이어서
참신하면서도 감동의 폭이 넓고 깊다.

원래 하나였다 이제는 헤어진 너와 나의 안타까운 거리, 그
리움이 시를 낳는다. 우리네 맑고 드높은 꿈과 이상과 이제는
더 이상 같은 것일 수 없는 구차한 현실에서 세계와 우주 삼
라만상과 온몸으로 만나 다시 하나 되고픈 마음이 시를 낳는
다. 실체와 이름이 하나였다 이제는 서로 겉도는 슬픈 너와
나의 안타까운 언어의 표정이 시라고, 나는 많은 시인과 만나
고 좋은 시편들을 읽으며 생각했다.

너와 나, 꿈과 삶, 이상과 현실, 개인과 사회, 인간과 자연, 어느 한쪽에 편안히 살지 못하고 그 사이에서 양쪽을 근심과 연민으로 살피는 것이 시다. 그런 연민과 그리움의 정갈함으로 너와 나를 온몸으로 이어주며 감동으로 떨리게 하는 언어가 시다. 그리하여 독자와 우주 삼라만상은 물론 신과도 감읍(感泣), 소통할 수 있는 언어가 시 아니겠는가. 휴머니즘에 입각해 이런 나의 소박한 '그리움의 시론'을 더욱 확실하게 펼칠 수 있게 하는 시집이 『동행』이다.

대가다운 솜씨에 자연스레 우러나는 우리 현대시조의 위상

저 초록이 탈진할 그때쯤 너는 오거라

바람이 서늘하면 옷깃 좀 더 여미고서

마음은 산 아래 두고 허위단심 오거라

아무려면 그리움까지야 물들일 수 있겠냐만

조금씩 들썩이며 자락마다 펼쳐지는

세월의 그림자 밟고 아주 천천히 오거라

— 「미시령의 말」 전문

두 수로 이뤄진 연시조 「미시령의 말」 전문이다. 제목처럼 미시령이 하는 말이다. 가을이 차츰 물들어가는 미시령과 시인이 한 몸이 돼 그리움을 펼치고 있는 시다. 물 흐르듯 계절이 흐르는 듯 자연스런 흐름과 운율을 타고 절절한 그리움이 배어난다.

"세월의 그림자 밟고" 아무리 "마음은 산 아래 두고 허위단심"으로 오르는 발걸음이지만 어쩔 수 없는 인간으로서의 그리움이 진하게 묻어나고 있다. 그러면서도 "조금씩 들썩이며 자락마다 펼쳐지는" 생생한 가을 이미지에는 미시령 자락과 시인의 마음 자락의 그리움이 겹쳐지고 있다.

마음을 내려놓는 하심(下心)이나 무심(無心)이라는 종교적 경지보다 더 고차적으로 정제되고 응축된 그리움을 자연스럽게 펼치고 있는 시적 경륜이 돋보이는 시다. 다 "세월의 그림자"라는 오랜 체험에서 나온 언어이고 운율이고 이미지이기 때문일 것이다.

가슴이 터질 듯한 순간을 다스리는

삼켜도 치받는 울분을 잠재우는

그런 법

세월에서 배웠지요

그 시간의

소금꽃

— 「소금꽃」 전문

　단수로 된 「소금꽃」 전문이다. 바닷물을 염전에 가둬 햇볕과 바람에 의해 물기가 증발하고 농도가 짙어지면서 자연적으로 생기는 소금의 하얀 결정체를 '소금꽃'이라 한다. 그래서 소금꽃을 물기가 다 증발하는 시간, 세월이 피워낸 꽃으로 보고 있는 시다.

　시인도 환희에 "가슴이 터질 듯한 순간을 다스리"고, 또 "치받는 울분을 잠재우는" 순간, 순간들의 그리움과 사랑의 세월을 배우고 인고하며 시를 쓰고 있다. 그런 "세월의 그림자 밟고" 피어난 소금꽃 같은 그리움의 시이기에 엉뚱 맞거나 생경하지 않고 이리 자연스레 흐르고 있는 것이다.

한때는 바람집 짓고

그 안에 안주(安住)했지

한참 뒤 생각하니 거기 갇혀 산 것이었어

그러면 지금은 어떤가

그 집 지고 산다

— 「집」 전문

　단수로 된 「집」 전문이다. 그리움, 삶에 대해 체험으로 깨닫고 있는 시다. 삶이란, 생각이란, 한곳에 고정돼 있는 것이 아니라 바람처럼 물처럼 흐르는 것이다. 그런 허정한 깨달음마저 또 다른 집착임을 온몸으로 살아낸 체험으로 말하고 있는 시다.

　세상에 본체며 본질이란 것은 없다. 오로지 끊임없이 다른 것으로 몸 바꾸어 변해가는 전화(轉化)만 있을 뿐. 그래서 불교 선(禪)의 소의경전이랄 수 있는 『금강경』은 "모든 우리의 삶은 꿈과 같고 환상과 같고 물거품 같고 그림자와 같고 이슬과 또 우레와 같다"라고 하지 않은가.

　그럼에도 우리는 본체가 없는 것을 본체로 여기고 살아가고 있는 것 아닌가. 형체도 없는 바람집을 실체가 있는 집으로 여기고 그런 집을 지고 살아가고 있지 않은가. 종교에서는 그런 집착에서 벗어나 고해(苦海)로부터의 해방과 구원을 이끈다.

　아, 그러나 시는 아니다. 집착도, 그런 집착에서 벗어나는 것도 역시 부질없는 일이며 매 순간순간의 고통과 환희를 온몸으로 맞으며 사는 삶을 진솔하게, 생생하게 보여주는 것이 시임을 「집」은 다시금 환기시켜주고 있다.

두 냥이[猫] 더불어 하루살이 소소하다

가끔씩 눈에 고이는 싱거운 눈물과 누군가를 그리워하는 아
주 오랜 목마름과 뜻도 없이 습관처럼 저려오는 가슴과 기다리
지 않아도 맞이해야 되는 저녁답의 헛헛함과 그리고 그 모두

이제는 손 놓아도 좋을 졸음 같은 애련(愛憐)이여.
— 「근황」 전문

　소소한 근황을 아주 자연스러우면서도 고졸(古拙)하게 전하
고 있는 「근황」 전문이다. 사설시조이면서도 주저리주저리 다
늘어놓지 않고 적당한 길이에서 끊고 있어 절제의 맛을 더하
고 있다.

　나이 들어감에 어찌 슬프고 가련한 일과 심사 없겠는가만
은 그냥 "이제는 손 놓아도 좋을 졸음 같은" 것들로 봐 넘기는
품이 역시 대가답다. 기다림과 그리움에 눈물짓는 헛헛한 심
사의 일상을 사설로 까발려 드러내 보여주면서도 "그리고 그
모두"라며 딱 끊어버려 더 많은 애련의 이야기가 새어 나오게
하는 시적 기량도 대가답다.

　이렇게 이번 시집 『동행』은 우리 현대시로서 시조의 대가
다운 솜씨와 깊이를 유감없이 보여주면서도 잘 읽힌다. 자
유시나 산문시 절창들과 비교해도 형태나 현실 의식은 물론
이미지나 운율로 경과시키는 내밀한 서정성 등에서 전혀 뒤

지지 않는 현대시의 진경(眞境)을 보여주고 있는 시집이 『동행』이다.

李京哲 | 문학평론가

푸른사상 시선 161

동행

인쇄 · 2022년 8월 12일 | 발행 · 2022년 8월 22일

지은이 · 박시교
펴낸이 · 한봉숙
펴낸곳 · 푸른사상사

주간 · 맹문재 | 편집 · 지순이, 김수란, 노현정 | 마케팅 · 한정규
등록 · 1999년 7월 8일 제2-2876호
주소 · 경기도 파주시 회동길 337-16(서패동 470-6) 푸른사상사
대표전화 · 031) 955-9111(2) | 팩시밀리 · 031) 955-9114
이메일 · prun21c@hanmail.net /prunsasang@naver.com
홈페이지 · http://www.prun21c.com

ISBN 979-11-308-1938-9   03810
값 10,000원

푸른사상 시선 161

동행

박시교 시조집